HARRY und PLATTE

DIE KAPUZENMÄNNER

Text: Tillieux und Desberg
Zeichnung: Will

Carlsen Verlag

CARLSEN COMICS
Lektorat: Uta Schmid-Burgk
1. Auflage Januar 1992
© Carlsen Verlag GmbH · Hamburg 1992
Aus dem Französischen von Cora Hamann
LES PASSE-MONTAGNES
Copyright © 1986 by Will, Tillieux, Desberg and Editions Dupuis, Charleroi
Lettering: Michael Höppner
Druck und buchbinderische Verarbeitung:
Elsnerdruck, Berlin
Alle deutschen Rechte vorbehalten
ISBN 3-551-71692-7
Printed in Germany

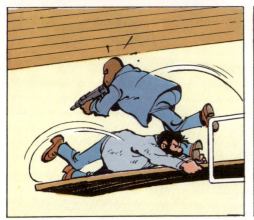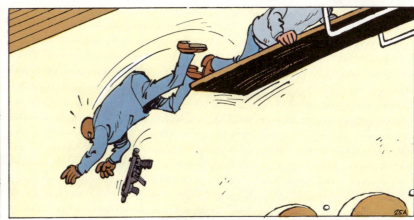

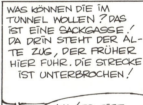

ALFRED JODOCUS KWAK
von Herman van Veen, Hans Bacher und Harald Siepermann

Die große Comic-Serie nach Herman van Veens erfolgreicher Musikfabel! Die Abenteuer der gewitzten Ente Kwak wurden auch für das Fernsehen verfilmt.

BENNI BÄRENSTARK
von Peyo

Der kleine Benni ist unheimlich stark – bärenstark. Nur wenn er sich erkältet hat, schwinden seine Kräfte. Und leider bekommt Benni meist in den größten Gefahren seinen Schnupfen.

DIE BLAUEN BOYS
von Cauvin und Lambil

Gegen ihren Willen finden sich Corny Chesterfield und sein Freund Blutch eines Tages in der Uniform der US-Kavallerie wieder. Ein Western-Comic voller spritzigem Humor und fesselnder Spannung!

CUBITUS
von Dupa

Cubitus, die gewichtige Hundepersönlichkeit, ist mit allen Wassern gewaschen, wenn es darum geht, sein Herrchen zur Verzweiflung zu treiben. Nur dem feisten Nachbarkater ist er nicht immer gewachsen.

GASTON
von André Franquin

Mit seinen verrückten Einfällen und Erfindungen bringt der Bürobote Gaston die gesamte Belegschaft des Carlsen Verlages an den Rand des Wahnsinns. Gaston ist die größte Katastrophe, seit es Comics gibt!

HARRY UND PLATTE
von Will, Tillieux und Desberg

Immer neue, spannende Fälle müssen die beiden Hobbydetektive Harry und Platte mit Mut, Geschick und Witz lösen. Am Ende haben die Gangster meist nichts zu lachen…

JEFF JORDAN
von Maurice Tillieux und Gos

Dem Privatdetektiv Jeff Jordan ist kein Fall zu gefährlich. Ihm zur Seite stehen Teddy, ein ehemaliger »schwerer Junge«, sowie der unnachahmliche Inspektor Stiesel.

DIE ABENTEUER DES MARSUPILAMIS
von André Franquin, Bâtem, Greg und Yann

Der palumbianische Urwald, die Heimat des Marsupilamis, wurde noch von kaum einem Menschen betreten. Was das gelbe Wundertier mit dem neun Meter langen Schwanz hier erlebt, schildert diese witzige Albumreihe.

NATASCHA
von François Walthéry

Natascha, die gewitzte Stewardeß, erlebt spannende Abenteuer in aller Welt, die sie mit kühlem Kopf und viel Witz meistert.

PEER VIKING
von Dick Matena

Wikinger-Häuptling Peer hätte gern einen wackeren Krieger zum Sohn, doch Thor hat sich etwas ganz anderes in den Kopf gesetzt: Er will Dichter werden.

PERCY PICKWICK
von Turk, Bédu, de Groot und Raymond Macherot

Sehr »britisch« ist die Lebensart von Percy Pickwick, dem Geheimagenten ihrer Majestät. Seinen gefährlichen Beruf bewältigt Pickwick mit viel Humor.

SAMMY UND JACK
von Cauvin und Berck

Im Amerika zur Zeit Al Capones meistern Sammy und Jack ihre gefährlichen Spezialaufträge mit viel Witz und Ironie.

SPIROU UND FANTASIO
von André Franquin, Fournier, Cauvin, Broca, Tome und Janry

Nichts ist aufregender als ein Tag im Leben von Spirou und seinem Freund Fantasio. Als Reporter erleben sie überall in der Welt spannende Abenteuer und witzige Situationen.

TIM UND STRUPPI
von Hergé

Tim und Struppi, der immerzu fluchende Kapitän Haddock, die Detektive Schulze und Schultze, Professor Bienlein und die unnachahmliche Sängerin Castafiore begeistern seit über 60 Jahren ihre Leser »zwischen 8 und 80« in aller Welt!

YOKO TSUNO
von Roger Leloup

Die japanische Elektronik-Spezialistin Yoko Tsuno und ihre Begleiter Vic und Knut erleben phantastische Abenteuer im Weltraum und auf der Erde.

In jeder modernen Buchhandlung!

Knisternde SPANNUNG

DICK HERRISON
von Didier Savard

Dick Herrison ist ein Meisterdetektiv der klassischen Schule. Mit dem Instinkt eines Sherlock Holmes knackt er auch die abenteuerlichsten und unglaublichsten Fälle. Der französische Zeichner Didier Savard vereint in dieser ungewöhnlichen Krimiserie den Charme der großen Comic-Klassiker und den modernen Esprit des Mediums zu einem faszinierenden Seh- und Leseerlebnis.

XIII
von Jean van Hamme und William Vance

Ein Mann wird mehr tot als lebendig an der Küste gefunden. Er hat alles verloren, auch sein Gedächtnis. Nur seine Feinde sind ihm geblieben. Und die jagen ihn gnadenlos. Ein atemberaubender Thriller, bei dem es um ein mörderisches Komplott geht: die Ermordung des amerikanischen Präsidenten…

DIE HAIE VON LAGOS
von Matthias Schultheiss

Der Hamburger Zeichner Matthias Schultheiss legt mit dieser packend erzählten Trilogie einen abenteuerlichen Report über die moderne Piraterie unserer Tage vor. Im Mittelpunkt steht Patrick Lambert, ein Weißer in einer schwarzen Welt. In seinem Kampf gibt es nur zwei Möglichkeiten: Reichtum oder Untergang…

LAIS UND BEN
von Joachim Friedmann und Henk Wyniger

Eines Tages fällt Lais ein Tagebuch aus dem 18. Jahrhundert in die Hände, in dem ein ehemaliger Schiffsarzt von seltsamen Zeremonien auf den Osterinseln berichtet. Wenig später ist Lais spurlos verschwunden. »Lais und Ben«, ist das überraschende Debütwerk des Marburger Zeichner- und Autorengespanns Wyniger/Friedmann, ein spritziges Porträt der Neonzene der späten 80er Jahre mit augenzwinkernden Reminiszenzen an die großen Klassiker der Comic-Literatur.

LOU CALE
von Raives und Warn's

Als Pressefotograf ist Lou Cale stets einer der ersten, die nach einem Verbrechen am Tatort erscheinen. Bei seinen Nachforschungen auf eigene Faust stößt er häufig auf Spuren, die von der Polizei übersehen wurden – und gerät dabei oft selbst in Gefahr. Hintergründige Geschichten, atmosphärisch dichte Zeichnungen und Anklänge an den Film noir machen »Lou Cale« zur besten Krimiserie der letzten Jahre!

LUC LAMARC
von Jean-Claude Denis

Wie gefährlich das Leben in der Großstadt sein kann, erfährt der Nachtschwärmer Luc Lamarc, der sich im Neon der Szenekneipen wohler fühlt als im Sonnenlicht, immer wieder aufs neue. Sein Pech, daß ihn sein Interesse an atemberaubend schönen Frauen statt ins Bett meist vor die Mündung einer Pistole bringt. Einer geladenen, versteht sich. Ein mit viel Witz erzählter und liebevoll gezeichneter Szene-Comic!

MODESTY BLAISE
von Peter O'Donnell und Jim Holdaway

Peter O'Donnells Modesty Blaise ist eine der berümtesten Heldinnen der Kriminalliteratur, und Jim Holdaways Zeichnungen haben ihre packenden Abenteuer zu einem der besten Comic-Strips des Genres werden lassen. In dieser Albumserie erscheinen ihre gesammelten Fälle endlich und erstmals als vollständige Gesamtausgabe!

RAY BANANA
von Ted Benoit

Ted Benoits cooler Held Ray Banana ist längst zu einer der neuen Kultfiguren der Comics geworden. In ihr vereinigen sich hintergründiges Abenteuer und wohldosierter Zynismus zu einem Bilderkosmos erster Klasse. Die liebevollen Zeichnungen voller faszinierender Details gewähren darüber hinaus einen ironisch gefärbten Blick auf den Alltag der Yuppie-Generation.

TORPEDO
von Sanchez Abuli und Jodi Bernet

Das Amerika der großen Gangsterzeit. Luca Torelli alias Torpedo verdient sein Geld als bezahlter Killer. Bei den großen Bossen hat sein Name einen guten Klang. Denn Torpedo ist einer der besten in seinem Gewerbe, das in diesen Jahren Hochkonjunktur hat. Ein meisterhaft gezeichneter Comic-Krimi, dessen bissige und prägnante Sprache auch ein Raymond Chandler nicht übertroffen hätte.

Die großen Comic-Thriller bei Carlsen.
In jeder modernen Buchhandlung.